Humor braucht kein Rezept

Ausgewählte Gedichte

1. Auflage November 2015

Umschlaggestaltung & Layout:

Birgit Johanna Frantzen,
Gerrit Garbereder

Zeichnungen:
Birgit Johanna Frantzen

www.Starke-Einfaelle.de

Herstellung und Verlag:
BoD - Books on Demand,
Norderstedt.
Printed in Germany

ISBN   9-783-7392-1002-5

Ein witzig' Mensch...

... mit viel Humor,
der kommt sich oftmals töricht vor,
denn keiner kann so recht verstehn,
was in dem Kopf tut vor sich gehn.

Menschen, Tiere, Wort und Dinge,
ob es jemals Nutzen bringe?
Darüber wird nicht nachgedacht,
sondern zu Papier gebracht.

Ob aus Freude, Leid und Wut,
dem Dichter tut das Schreiben gut.
Hier kann er lassen sich und geben,
mit allem, was er muss erleben.

Vieles, was im Kopf tut walten,
wird vom Dichter festgehalten.
So werden dies, wenn es da keime,
Verse, Strophen und auch Reime.

Inhaltsverzeichnis

Vielfalt des Lebens

Menschen

Der Dichter

Beim Reimen
keimen
die Gedanken,
um die die Worte ranken.

Nun sitze ich hier,
bring' zu Papier
insgeheim
einen Reim.

Muss es wagen
und reimend sagen,
da Ideen schweifen
und Verse reifen.

Mit dem was erdacht
und zu Papier gebracht,
kann voller Entzücken
ich Menschen beglücken.

Treffe Nagel auf Kopf,
packe Dinge beim Schopf,
in allen Lebenslagen -
mit und ohne Plagen.

Kann drum mit Dichten
viel Gutes verrichten.
Lasse Geister erwachen
und bring' sie zum Lachen.

Der Einsame

Ein superschönes Haus
ohne eine süße Maus,
das hat gewiss nur wenig Sinn,
besser wär's mit Kindern drin.

Untermieter auch nicht schlecht,
wenn dem Vermieter ist es recht,
doch sollte dies nicht ewig sein,
in diesem schönen, neuen Heim.

Drum strenge dich jetzt kräftig an,
bleib' an 'ner duften Frau mal dran!
Ob mit Kind oder auch keins,
dann machst du eben schnell noch eins.

Jetzt bist du knackig, jung und fit
und kriegst 'ne tolle Braut noch mit,
doch bist du alt und Griesegram,
liegt auch das Liebesleben lahm!

Lass' es durch den Kopf dir gehen,
wie's weiter geht, wir werden's sehen.

Die neugierigen Blicke

Er schaut und schaut und stiert
mir ins Gesicht ganz ungeniert.
Er schaut und schaut ganz unverdrossen,
hat jeden Blick zu mir genossen.

Er kann das Blicken nicht mehr lassen,
kann es selbst nicht einmal fassen.
Es ist wie Zauber und Magie
und kommt von innen irgendwie
heraus – und lässt ihn walten.

Durch des Blickens heft'gem Zwang
wird sein Schauen mal so lang.
Süß wie Honig und es klebt,
sinnig der Gedanke schwebt.

Doch was da schwebt so in Gedanken,
lässt selbst beim Blicken ihn nicht wanken.
Er schaut und schaut gar wie besessen,
als hätte er die Zeit vergessen –
jenseits aller Schranken.

Das Junggesellenleben

Magst du 'ne Frau, die wunderschön,
spuckst du gern' mal große Tön'.
Hat sie dazu gewiss viel Charme,
hältst du sie sicher bald im Arm.

Es reizt dich stark ihr schönes Haar,
so ist für dich längst sonnenklar:
„Die, die krieg' ich und sonst keine,
bald wird das Mädel sein die Meine!"

Du schaust tief in ihre Augen,
lässt mit Gefühlen voll dich saugen.
Verliebst dich über beide Ohren,
die Realität, sie geht verloren.

Das Herz, es rutscht dir in die Hose,
wenn du ihr schenkst 'ne rote Rose.
Hoch schwebst du auf Wolke sieben,
für immer könntest du sie lieben.

Doch bald bist du vom Traum erwacht,
und sagst: „Was hab' ich nur gemacht?
Wo ist die Freiheit mir geblieben,
die ich früher tat so lieben?"

Die Frau fängt an dich zu bedrängen
und mit Worten einzuengen.
Sie sagt, dass sie es schön würd' finden,
sich dauerhaft mit dir zu binden.

Kino, Partys, Disco, Sport,
sind für dich auf Dauer Mord.
Keine Ruh' gibt diese Frau!
Wirst du wirklich niemals schlau?

Den Haushalt lässt sie gar nicht ruh'n
und bittet dich etwas zu tun.
Immer diese Aufräumplagen,
und das an wirklich allen Tagen.

Bügeln, Kochen, Putzen, Waschen,
Flicken von den Hosentaschen,
ja fleißig ist sie, gottseidank,
die Wohnung, die ist blitzeblank.

Es ist für sie seit langem klar,
bald führst du sie zum Traualtar.
Darüber gibt es mächtig Streit,
so geht es nicht, das geht zu weit.

Auch wenn sie hat viel Sexappeal,
auf Dauer wird dir das zu viel.
Die Freundschaft hängt an einem Faden,
Tapetenwechsel kann nicht schaden.

Jetzt bist du wieder mal allein,
ist denn das nicht toll und fein?
Du lässt zu Hause alles liegen,
denn Ärger wirst du nicht mehr kriegen.

Freiheit wird nun übertrieben
äußerlich ganz groß geschrieben.
Nichts und niemand soll es wagen,
dir noch einmal was zu sagen.

Es wird für dich jetzt nur noch geben:
Ein freies Junggesellenleben!

Der Chaot

Es boxt der Papst in deinen Wänden,
die Unordnung, sie will nicht enden.
Bei dir zu Hause geht's hoch her,
selbst die Bananen liegen quer.

Der Dreck, er will sich nicht verstecken,
nein, der kommt aus allen Ecken.
In der Küche, welche Wonne,
überfüllt die Abfalltonne.

Im Badezimmer hast du 'ne Panne,
verstopft ist deine Badewanne.
Auf der Toilette sitzt du hier,
es fehlt dir glatt das Klopapier.

Bist vor dem Spiegel von den Socken.
der sieht aus, als hätt' er Pocken.
Der konnt' sich wirklich nur verschmutzen,
mit Gurgeln und durch Zähne putzen.

Im Schrank die Wäsche kreuz und quer,
du findest wirklich gar nichts mehr.
Bügelwäsche, kaum zu glauben,
die Massen den Verstand dir rauben.

Die Waschmaschine, sie muss waschen,
so kannst du schnell 'ne Frau vernaschen.
Ist denn das nicht unverschämt,
Weiber wechseln wie das Hemd?

Das Arbeitszimmer, nicht zu ertragen,
dort hat 'ne Bombe eingeschlagen.
Durch's Fenster schauen geht nicht mehr.
Wo kriegst du nur 'ne Putzfrau her?

Geschäfte zu, es gibt nichts mehr
und der Kühlschrank, der ist leer.
Der Schnellimbiss von nebenan,
der ist's, der dir noch helfen kann.

Pizza, Pommes, Dosenfisch,
von so etwas ernährst du dich?
Frei lebst du nach deinem Motto:
Weiber, Bier und oft Risotto.

Du als großer Blumenhasser,
gibst deinen Pflanzen selten Wasser.
Der Teppich, der ist voller Flecken.
Was musst du weiter noch entdecken?

Der Aschenbecher voll mit Kippen,
die gefärbt durch rote Lippen.
Alles kreuz und quer hier liegt,
weil stets bei dir das Chaos siegt.

Der Morgenmuffel

Die Nacht hast du zum Tag gemacht
und keineswegs an Schlaf gedacht.
Wie schrecklich sich dein Traum nur wendet,
wenn jäh dir wird die Nacht beendet.

Welches Übel, welche Qual,
erfüllt den Morgen jedes Mal.
Den Wecker könnt'st du glatt erschlagen,
das Bimmeln kannst du nicht ertragen.

Muss ich es überhaupt erwähnen,
dass du pausenlos musst gähnen.
Trotzdem die Nacht den Schlaf geraubt,
ist Müdigkeit jetzt nicht erlaubt.

Mundgeruch, Drei-Tage-Bart,
nein, was ist der Morgen hart.
Hast du die Haare auftoupiert
oder ist der Föhn gar explodiert?

Die Glieder, die sind schwer wie Blei,
die Arbeit ist dir einerlei.
Es droht die Uhr aus ihrer Ecke,
du bist so flink heut' wie 'ne Schnecke.

Am Tage bist du müd' und faul,
verhältst dich wie ein lahmer Gaul.
Wie willst du hierbei etwas schaffen?
Du musst dich mal zusammenraffen!

Deiner lieben Socken zwei
geknuddelt bei dem Frühstücksei?
Ich könnte glatt jetzt mit dir wetten,
nur der Kaffee, der könnt' dich retten.

Erst wenn du diesen kannst verschlingen,
wird besser dir dein Tag gelingen,
auch ist schnellstens dann vorbei,
deine Morgenmuffelei.

Der Schnarcher

Der Schnarcher ist uns ohne Frage
als Nervensäge eine Plage.
Meistens ist die Nacht versaut,
da penetrant er ist und laut.

Sein Geschnarch' in Intervallen
lässt er stimmungsvoll erschallen.
Zwängt sich geschickt mit seiner Tücke,
merklich in des Stilles Lücke.

Wenn der Schnarcher kräftig pustet,
er als Folge meistens hustet.
Oft stört er dich durch grobes Schnaufen,
nein, es ist zum Haare raufen.

Sein Atem, der kommt in Etappen,
weil ständig er nach Luft will schnappen,
auch vermittelt er durch Röcheln,
stets am Herd der Töpfe köcheln.

Ruhig bläst er Zug für Zug,
als wär' er Geist und nachts auf Spuk.
Mittendrin ein leis' Geflöte,
selbst auch dies den Nerv dir töte.

Akribisch fängt er an zu schnauben,
um dir den letzten Nerv zu rauben.
Da hilft nur eins, ein kräft'ges Zwicken
und mit dem Kissen ihn ersticken.

Du denkst, du kannst den Schlaf entfalten,
weil er die Luft jetzt angehalten,
da sägt er Bäume tief im Wald,
es kracht und donnert mit Gewalt.

Das ist gewiss nicht zu ertragen,
du könntest ihn vor Wut erschlagen.
Der Schnarcher hier als die Gestalt
hat keinesfalls sich in Gewalt.

Nun wird die Nas' ihm zugedrückt,
doch das den Schnarcher nicht entzückt.
Gott weiß hat er hier kein Erbarmen
und schlägt umher mit seinen Armen.

Zum Weiterschlaf jedoch bereit,
dreht schnell er um sich auf die Seit'.
Nein, wie gut der Schlaf jetzt tut,
wenn friedlich auch der Schnarcher ruht.

Der Gärtner

Nach des Winters langer Zeit
ist es im Frühjahr dann soweit,
die Arbeit in dem schönen Garten
kann der Gärtner kaum erwarten.

Pflügen muss er und auch graben,
will er vom Ernten etwas haben.
Auch wird ihm diese nicht erlahmen,
wenn schnellstens setzt er alle Samen.

Den Dünger hält er schon parat,
damit gedeiht jedwede Saat,
denn nur wenn diese ist geglückt,
wird ein Pflänzchen rausgerückt.

Jetzt braucht man Sonne und auch Regen,
denn für den Garten sind sie Segen.
So kann es wachsen und gedeihen
in den zuvor gesäten Reihen.

Gemüse, Blumen, Apfelbaum
sind des Gärtners schönster Traum.
Sowohl die Kräuter, als auch Beeren
hält er sich liebevoll in Ehren.

Dem Ungeziefer rückt er zu Leibe,
hinfort es aus dem Garten treibe.
Selbst die Raupen und die Schnecken
kein Entzücken bei ihm wecken.

Diese gemeinen Parasiten
lässt kein Gärtner sich gern bieten.
Drum werden eifrig sie besprüht,
damit's im Garten wieder blüht.

Ja, den Gärtner wird's beglücken,
kann er Obst und Beeren pflücken,
auch das Gemüse nebst den Bohnen
soll beim Ernten sich sehr lohnen.

Körbe, Beutel, Tüten, Taschen
schleppt er nach Hause zum Vernaschen.
Vieles wird schnell eingemacht,
da an den Winter sei gedacht.

Nach der schönen Herbsteszeit
hält sich der Winter bald bereit.
So ist am Jahresend' vorbei,
des Gärtners fleiß'ge Ernterei.

Die Lehrerin

Des Morgens hat sie wenig Zeit,
darum sie gern zur Schule eilt.
Zehn nach Acht da kommt sie an,
erschöpft - und wetzt zur Klasse dann.

Deutsch lehrt sie uns mit viel Geschick
und in Musik erklingt Klassik.
Chor und Orchester leitet sie avec plaisir
und spielt dazu auch noch Klavier.

Auf der Geige wie bequem,
fiedelt sie - und außerdem
ist witzig sie fast jederzeit
und zu 'nem Scherze gern bereit.

In das Theater zieht sie's hin,
ist als Expertin ein Gewinn.
Ihr Gang ist forsch und schnelle,
ihr Geist ist ganz schön helle,
dafür hat sie eine gute Nase,
die geschätzte Lehrerin Frau Haase.

Der Möbelfachberater

Der Fachberater mit Bedacht
hat schon manchem Freud' gemacht.
Es gilt allein nicht nur beraten,
nein, dem müssen folgen Taten.

Manchmal wird ihm angst und bange,
Sonderwünsche gibt's nicht von der Stange.
Hier ist Geist gefragt und Phantasie,
zwischen Moderne und der Nostalgie.

Bis ins Detail heißt's mitzuteilen
und mit dem Kunden zu verweilen,
doch manches lässt nicht schnell sich planen
und verläuft nicht glatt in Bahnen.

Da heißt es ruhig bleiben und gelassen,
sich nicht vom Kunden treiben lassen.
Die Planung sollte ja gelingen
und diesem seine Freude bringen.

Nach Stunden, Tagen, Wochen
ist endlich alles gut besprochen.
Der Verkauf, er ist vollendet
und der Vertrag alsbald gesendet.

Nach Zeiten ist es dann soweit
und die Lieferung bereit.
Der Kunde freut sich, ist zufrieden,
was gut beraten und entschieden.

Über meine Freundin

Ihr Name ist Schwerin,
so wie die Stadt,
in ihr da steckt recht Vieles drin,
wie in des Baumes Blatt.

Gern zieht sie durch das ferne Land
schaut dabei alles an,
lässt schweifen ihrer Gedanken Band,
was sie dort fühlen kann.

Nichts bleibt dabei verborgen,
in Stille weilt's derzeit,
hat Kummer sie und Sorgen
vertreibt' s die Heiterkeit.

Sie liebt das Malen und das Lesen
und taucht in sich hinein,
Bilder und Buch als Thesen
wollen Ausdruck ihres Lebens sein.

Die Nofretete

Ich bete und bete und bete,
säh' ich nur aus wie Nofretete,
auch wenn sie der Augen hat nicht mehr zwei,
das ist mir wirklich einerlei.

Wie könnt' ich glänzen,
den Dienst mal schwänzen,
mal auf der Bühne steh'n,
und kein Mann würd' nach Hause geh'n.

Schönheitsmasken blieben fern,
ein jeder Mann, der hätt' mich gern,
auch ließ ich oftmals mich verleihen
und mir Gutes angedeihen.

Mir käm' zuteil nur Ruhm und Ehre,
wenn ich die Nofretete wäre!

Von Kopf bis Fuß

Der Bart

Die Schönheit des Gesichts ihn ziert,
wenn ein Mann ist glatt rasiert.
Diese bleibt ihm aber nur
durch die stetige Rasur.

Hat er morgens wenig Zeit,
er dies oftmals sehr bereut.
Selten lässt es sich vermeiden,
sich in der Hektik nicht zu schneiden.

Doch mag er mehr die Glattrasur,
um sich zu zeigen rein und pur,
so geht dies leider ohne Schaum
und fehlend scharfem Messer kaum.

Ja, lästig ist's und kostet Zeit,
eh sein Gesicht zur Schau bereit.
Dieses ist des Mannes Preis
mit der Schönheit als Beweis.

Doch hat er frei und sehr viel Zeit,
ist zur Rasur er nicht bereit.
Morgens braucht er sich nicht hetzen
und meidet so sich zu verletzen.

Wenn der Mann ist recht bequem,
lässt er den Bart sich einfach steh'n.
Meistens will er es genießen,
wenn mehr und mehr die Haare sprießen.

Was kümmert ihn jetzt die Rasur?
Er zeigt sich lässig, in Natur.
Die Männlichkeit, die ist zu sehn,
wenn plötzlich einmal Stoppeln steh'n.

Von Tag zu Tag, der Bart, er wächst,
als würd' an ihm herumgehext.
Das halb Gesicht ist fast verhüllt
und mit dem Barte ausgefüllt.

Quer will er denken, ganz revolutionär.
Wo nimmt er nur die Stärke her?
Oder sind es Nöte, Sorgen,
die hinter seinem Bart verborgen?

Ja, das wäre wirklich feige,
wenn er sein wahr' Gesicht nicht zeige.
Nun denkt er sich, ich werd' mal sehn,
wenn mit dem Bart ich raus tu gehn.

Männerbart, ja der ist klasse,
zeigt der Frau, der Mann hat Rasse.
Auch wird der Bart als Zierde
für die Frau glatt zur Begierde.

Doch wächst der Bart ihm wochenlang,
wird selbst dem Manne etwas bang.
So denkt er sich: „Es ist von Nutzen
ihn sogleich etwas zu stutzen."

„Komme mir auch was da wolle,
ich schneide ab des Bartes Wolle!"
Jetzt hat er Muster drin und Zacken,
nein, was hat der Bart für Macken.

So hat er ihn nun wirklich leid.
Der Bart muss ab, jetzt wird es Zeit.
Kaum ist er ab, von einst der Bart,
ist sein Gesicht auch wieder zart.

Der Hut

Wenn der Mensch hat Mut,
trägt er einen Hut.
Nicht nur der Erfinder
trug gerne den Zylinder.

Ja, der Hut aus Stroh
macht im Sommer Menschen froh,
mit der kleinen rund' Melone
ist man oben niemals ohne.

Der Hut für die Armee,
tut dem Soldaten gar nicht weh.
Gleicht der Hut 'nem Topf,
passt er auf jeden Kopf.

Manchen Hut, den man geseh'n,
ist Gott weiß nicht sehr bequem,
sei er drum aus dickem Leder,
wird er nicht leicht sein wie 'ne Feder.

Sieht der Hut aus wie ein Teller,
entweicht vom Kopf beim Wind er schneller.
Trägt man einen Hut aus Pappe,
hat der bei Regen bald 'ne Schlappe.

Der Hut, verseh'n mit einer Schleife,
zeugt von exzellenter Reife
und der Hut, der elegant,
trägt zur Zierde meist ein Band.

In der Mode mit viel Schick,
trägt man den Hut aus Vollplastik.
Und der Hut der Nostalgie
zeugt von reicher Phantasie.

Oft der Hut die Neugier weckt,
wenn das Gesicht ist mit verdeckt.
Ein Hut aus Stoff, der ist bequem
und zudem allseits gern geseh'n.

Die Fahrer von 'nem dicken Brummi,
tragen einen Hut aus Gummi.
Mancher Hut ist ganz aus Fell,
der wärmt im Winter äußerst schnell.

Ist ein Hut extrem behaart,
gehört er meist dem Royal Guard.
Kein Hut gedacht für jedes Hobby,
den trägt in England jeder Bobby.

Hüte sind nicht nur für Schelme,
auch die Feuerwehr trägt Helme.
Der Napoleon Bonaparte,
trug einen Hut, nur nicht für Zarte.

Es formt dem Reiter sein Profil,
drum trägt er Hut beim Polospiel.
Selbst jedem Maler auf der Leiter
ist der Hut gewiss Begleiter.

Geht der Jäger auf zur Jagd,
er diese ohne Hut nie wagt.
Am Tatort ist er stets dabei,
der weiße Hut der Polizei.

So ist das Haupt, bedeckt mit Hut
in allen Lebenslagen gut.

Die Brille

Auf der Nase soll sie sitzen,
bei Hitze rutscht sie durch das Schwitzen,
wird sie bei Regen nass,
macht das Tragen keinen Spaß.

Des Nachts liegt sie in dem Etui,
am Tag vergiss sie besser nie,
denn hast du sie vergessen,
suchst du sie wie besessen.

Dieses kleine, runde Wesen
hilft dir stets beim Lesen.
Kleine Buchstaben werden groß,
du kannst sie lesen, es ist famos.

Wenn sie sitzt auf deiner Nase,
kann sie dich bringen in Ektase,
mit dem was gerade du da liest,
ob wütend du oder es genießt.

Im Winter wird sie draußen kalt,
du trägst sie dennoch mit Gewalt.
Gehst du dann nach drinnen,
wird es dir Wärme bringen.

Die Brille aber wird beschlagen,
und du wirst dich alsbald beklagen.
Es ist matt und blind vor deinem Auge,
du glaubst, die Brille nichts mehr tauge.

Ja, du als Brillenträger,
bist wirklich nur ein Kläger.
Nie macht die Brille es dir recht,
doch ohne sie ging es dir schlecht.

Du würdest stolpern, fallen,
an des Schrankes Türe knallen,
gegen alle Wände rennen
und manches falsch beim Namen nennen.

Es hilft dir hier kein Weh, kein Ach,
ist noch so groß auch deine Schmach.
So musst du mit dem Schicksal leben,
dass es die Brille halt muss geben.

Die Zähne

Das Baby, welches hat noch keine
mächtig ihretwegen weine.
Ja, der Kiefer sticht und zwickt,
als hätt' man dort hineingepickt.

Drum stopft es alles in den Mund,
auch solche Ding', die ungesund.
Selbst Tabletten ihm und Creme
keineswegs den Schmerz wegnehme.

Ausdauernd und sehr vehement,
kaut es auf harte Gegenständ'.
In den Mund wird alles reingesteckt,
bis dass der erste Zahn entdeckt.

Sind endlich alle Zähne da,
freut sich das Kind und schreit hurra.
Ja, die Zähne müssen quälen,
eh du einzeln sie kannst zählen.

Nun heißt es kräftig Zähne putzen,
denn so etwas ist sehr von Nutzen.
Die Zahnteufel musst du vertreiben,
denn keiner soll im Munde bleiben.

Doch isst du Süßes mit Genuss,
und glaubst das Putzen ist kein Muss,
ja, dann wird folgen eine Qual,
denk' dran, noch hast du die Wahl!

Gut, du lässt dir hier nicht raten,
so müssen folgen drauf die Taten.
Wenn der Schmerz kommt, hilft kein kühlen,
wer nicht hören will muss fühlen.

Oh, welch' hinterlist'ge Tücke,
verbirgt sich in des Zahnes Lücke,
was da sorgt für Schmerz und Pein,
kann nur des Zahnes Fäule sein.

Diese Schmerzen gehen tiefer,
die ziehen rauf bis in den Kiefer.
Nein, was ist der Zahn gemein.
Dieser Kummer, muss er sein?

Der Zahn, er steht bereits in Eiter,
das ist wirklich nicht mehr heiter,
dick geschwollen dein Gesicht,
jetzt hat's dich aber bös' erwischt.

Zähne sind doch heutzutage
diesbezüglich eine Plage,
doch dauert es nicht allzu lang,
bis fängt der Zahn zu wackeln an.

Mit diesem bist du rigoros
und schaust, dass du ihn wirst bald los.
Beim Arzt wird er gleich rausgerissen
und alsdann schnell fortgeschmissen.

Fehlt sodann dir nun ein Zahn,
ist erst mal eine Brücke dran.
Fehlen Zähne dir zuhauf,
nimmt das Schicksal seinen Lauf.

Sonnenklar ist's und gewiss,
kein Zahn mehr da, kommt das Gebiss.
Die Zähne, wenn es sind die Dritten,
lässt flicken du nicht und auch kitten.

Sie schmerzen nicht und tun nicht weh,
dennoch schön der Mund ausseh.
Du kannst mit ihnen Witze machen,
scherzen, schwatzen und auch lachen.

Du legst sie nachts in Kukident
und nimmst nie mehr die Bürst' in Händ'.
Da soll noch einmal einer sagen,
mit Dritten kannst du nichts mehr wagen.

Bequem sind sie und elegant,
reden kannst du sehr gewandt,
gut gekaut wird jedes Essen,
jetzt kannst du echte Zähn' vergessen.

Die Füße

Beim Baby sind sie klein gewachsen,
da dieses kann noch gar nicht kraxeln,
doch ist das Kind jetzt gut ein Jahr
kann es laufen, ist doch klar.

Nun heißt es wandern und marschieren
und füßlings alles ausprobieren.
Ist der Mensch dann ausgewachsen,
rennt er täglich auf den Haxen.

Steht er in einer Warteschlange,
wird den Füßen angst und bange.
Musste lange er mal rennen,
alsdann ihm die Füße brennen.

Durch ständ'ges Gehen und auch Stehen
abends die Füß' nach Ruhe flehen.
Sie schreien laut nach einer Pause
und wünschen sich 'ne kalte Brause.

Wenn man bedenkt, wie die sich plagen
und dabei selten sich beklagen,
da muss man regelrecht sich fragen,
wer würde ohne sie uns tragen.

Doch hat der Mensch hier ein Problem,
weil die Schuhe unbequem -
oder gar zu eng getragen,
führen sie zu Unbehagen.

So kriegen Hornhaut sie und Schwielen,
und es stören selbst Textilien.
Bald gezwickt von Hühneraugen,
diese Füße nichts mehr taugen.

Oh herrje, oh welche Pein
müssen Blas' und Warzen sein,
auch Nägel, welche nicht normal,
sind eingewachsen eine Qual.

Jetzt hilft kein Jammern und auch Klagen,
die Füß' sind nicht mehr zu ertragen,
drum werden diese, wenn versaut,
der Fußpflege meist anvertraut.

Für die Füß' ist dies ein Segen,
da man dort weiß sie zu pflegen.

Wohlbefinden

Der vitale Gesundheitsrat

Mineralstoff und auch Vitamin
haben für dich einen Sinn.
Der Körper braucht sie für dein Schaffen,
ansonsten ließ er dich erschlaffen.

So kann ich hier aus meinen Sichten
etwas über sie berichten,
wie sie wirken und stets dienen
und fleißig sind wie alle Bienen.

Vitamin A, das kann dir nützen
und dir deine Zellen schützen.
Hast du im Körper Vitamin B
sind deine Nerven voll ok.

Tut dir Hals und Nase weh
nehme sofort Vitamin C.
Vitamin D, das ist gesund
und beugt vor den Knochenschwund.

Vitamin E hat seinen Lohn,
so kriegst du niemals Parkinson.
Zur Gerinnung von dem Blut,
ist Vitamin K sehr gut.

Magnesium hilft nicht nur dem Herzen,
nein auch bei Stress und Muskelschmerzen.
Die Schilddrüse, wenn aus dem Lot,
gleichst du aus mit etwas Jod.

Willst du dein Leben besser lenken,
nimm Eisen, damit kannst du schneller
denken.
Ein Knochenbruch, das wär' doch dumm,
nimm lieber vorher Calcium.

Unser alt bekanntes Kupfer,
gibt dem Blut den roten Tupfer.
Als Einziges hat dem Mangan
es die Knorpelbildung angetan.

Vergesse niemals das Selen,
das zur Entgiftung gern gesehen.
Zuviel Zucker und auch Fette,
gleicht das Chrom aus um die Wette.

Verachte bloß nicht Molybdän,
das ich zum Zahnschutz hier erwähn'.
Zink sollte dir im Körper weilen
und damit die Wunden heilen.

Bevor ereilen dich die Schmerzen.
nimm' dir folgendes zu Herzen:

Lasse weg das ganze Süße,
verspeise Obst und viel Gemüse,
Vollkornprodukte auch dabei,
iss mageres Fleisch und gern ein Ei.

Rohkost, Körner, Nüsse, Fisch
gehören täglich auf den Tisch.
Trink' Wasser, Tee und roten Wein
lass' Kaffee, Schnaps und Limo sein.

Nimm wenig Salz und meide Fette,
verzichte auf die Zigarette.
Geh' an die Luft, betreibe Sport,
ganz egal an welchem Ort.

Ja, vieles gibt's hier noch zu sagen,
gegen Geist- und Körperplagen,
drum beherzige den Rat
und setze um ihn in die Tat.

So wird dein Leben lange währen
und man mit Hundert dich noch ehren.

Die Sauna

Schmerzen dir die Glieder
schon seit Tagen immer wieder,
bist du müd' und ohne Lust,
ankurbeln du den Kreislauf musst.

Haben Husten, Schnupfen, Heiserkeit,
egal in welcher Jahreszeit,
deinen Körper nicht verlassen,
solltest du ein Herz dir fassen.

Dann ist es meistens an der Zeit,
dass du zur Sauna bist bereit,
denn was die alten Finnen können,
kannst schon lange du dir gönnen.

Weil du in der Sauna nackt,
hast du die Tasche schnell gepackt,
in die du steckst die Dinge rein,
die zum Saunen müssen sein.

Bademantel, Saunatuch
und zum Lesen noch ein Buch.
Duschgel, Shampoo packst du ein,
auch der Fön geht mit hinein.

Dieses müsste dann genügen,
nun beginnt das Schwitzvergnügen.
Die Kleidung kannst du schnell verbannen,
es riecht, als ständest du an Tannen.

Den Aufgussduft hast du vernommen,
der durch alle Räum' gekommen.
Schnell wirst du dich jetzt duschen
und eilig in die Sauna huschen.

In dieser ist gedämpftes Licht,
du hast 'nen freien Platz erwischt,
wo bequem du dich kannst legen
und fortan brauchst nicht bewegen.

Es streift den Körper jetzt die Hitze,
so dass folglich er bald schwitze.
Ein jeder Saunagänger weiß,
dass es drinnen halt wird heiß.

Ein Aufguss auf dem heißen Stein
wird sodann die Folge sein.
Es zischt und dampft die heiße Luft
gemischt mit Eukalyptusduft.

Nach dem gewedelt mit dem Tuch
schleicht ein ätherischer Geruch
gleichwohl in alle Ecken,
als müsste er sich dort verstecken.

Ob im Liegen oder Sitzen,
alle fangen an zu schwitzen.
Es läuft Tropf für Tropf dann munter,
genannt auch „Schweiß" an dir herunter.

Auf's Holz darf er nicht kommen,
drum hast du dir ein Tuch genommen
und dich sogleich darauf gelegt,
damit hier niemand auf sich regt.

Wird dir im Raum zu dick die Kluft,
gehst du an die frische Luft,
dort dampft dein Körper erst mal aus
und lässt die ganze Hitze raus.

Ist dieser Vorgang dir geglückt
bist du von Wasser bald entzückt.
Jetzt heißt es in die Dusche geh'n,
was danach kommt, wir werden's sehn.

Wird's dir darunter noch so kalt,
das Wasser macht vor dir nicht halt.
Die Kühlung hat halt sollen sein,
auch wenn's für dich ist eine Pein.

Mutig ist, wer dann es wagt,
und feste zu sich selber sagt:
„Werd' heftig ich mich jetzt erschrecken,
ich geh' rein ins kalte Becken!"

Im Bademantel und jetzt trocken
empfiehlt es sich nun hinzuhocken,
da es wirklich nicht kann schaden,
die Füße heiß danach zu baden.

Meistens wird dazu gelesen
über Promis oder andere Wesen,
auch unterhalten wird sich gerne
und schweift dabei in weite Ferne.

Ist der Akt jetzt abgeschlossen,
wird die Ruhe nun genossen.
Mit Decke legst du dich ganz cool
in einen freien Liegestuhl.

Dort liegt man still und brav
und genießt den Schlaf.
Nachdem man gerne hier verweilt,
erwacht man sanft, da es nicht eilt.

Erneut gehst du für eine Stunde
in die vorgenannte Runde.
Des einen Freud', des anderen Qual
wiederholt sich drei-/viermal.

Der Körper wird dadurch gestärkt,
drum sei hier einmal angemerkt,
dass du dich gar nicht musst genieren,
wenn du es willst mal ausprobieren.

Du sollst genießen und entspannen,
um Gift und Krankheit zu verbannen.
Danach bist du total agil,
und das war auch der Sauna Ziel.

Leiden

Das Ekzem

Es juckt und zwickt
dich unverdrossen und geschickt,
drum soll die Creme es bezähmen
und den Juckreiz schnellstens lähmen.

Würdest reiben du und kratzen,
könnten glatt die Pusteln platzen,
dann bekämst du dicke Pocken,
die tagelang am Hals dir hocken.

Wie kriegst du weg die Plagegeister,
nicht dass die werden dir noch dreister,
doch Mittel aus der Pharmazie
vertragen diese meistens nie.

Auf der Haut pur aufgetragen
lässt die Plage sich verjagen,
Die Pocken aber dämlich gucken,
da sie plötzlich nicht mehr jucken.

So ist verschwunden das Ekzem,
das einst am Hals so unbequem.

Der Alkohol

Trinkst du dir einen, ist es klar,
nimmst du dir meist was aus der Bar.
Mit jedem Schluck, den du tust trinken,
wird der Flascheninhalt sinken.

In der Kneipe von nebenan
gibt's immer Bier, gezapft vom Hahn,
kannst dort genüsslich weiter trinken
und spät des Nachts nach Hause hinken.

Selbst bei Festen, Feiern, Jubiläen,
ist der Alkohol sehr gern gesehen.
Man hebt das Glas und gratuliert,
alsdann man trinkt ihn ungeniert.

Pralinen doppelt gut uns schmecken,
wenn in diesen Schnaps tut stecken.
Den Kuchenfreund es meist vergnügt,
wenn Obstler Süßem beigefügt.

Mancher Braten mit viel Saft
erhält erst durch den Rotwein Kraft.
Schnaps sei gut hier zum Verdauen,
einfach Schlucken ohne Kauen.

Mit Früchten langsam aufgesetzt,
so mancher in den Keller wetzt,
um dort den Rumtopf zu genießen,
bis dass zu viel er dort tat fließen.

Aufgefüllt mit Sommerfrucht
ist lecker er und wird zur Sucht.
Dann schwankt man über Felder, Wiesen
sieht Baum und Blümlein doppelt sprießen.

In der Medizin hilft er bei Wunden,
ehe diese sind verbunden.
Heftig wird es zunächst schmerzen
und keiner würde dabei scherzen.

Auch die „bittere" Medizin
findet im Alkohol den Sinn.
So wird der Körper ungeniert
auch innerlich desinfiziert.

Alkohol zu viel genossen
steigt dir ins Hirn ganz unverdrossen,
dann hast du Probleme mit dem Stehen
und ganz besonders mit dem Gehen.

Ja, das kommt vom vielen Saufen,
jetzt kannst du nicht mehr richtig laufen.
Gewiss sagst du dir jetzt behände:
„Das Trinken hat von nun ein Ende!"

Für Alkohol gibt's keine Regeln,
zu viel davon und du wirst segeln.
Manche müssen sogar sterben,
doch keinem kann's die Freud' verderben.

Ein guter Tropfen in allen Ehren
soll jedem den Genuss gewähren.

Die Geißel der Mathematik

Formen, Zahl, Pythagoras –
wem machte da schon Mathe Spaß?
Hohlmaß, Achse, Diagramm -
dabei saß wohl keiner stramm.

Berechnen einer Oberfläche,
wenn sich das bloß nicht mal räche.
Sei es Quadrat oder auch Drachen,
nichts davon konnt' Freude machen.

Auch das Dreieck und die Raute
einst die Note dir versaute.
Beim Würfel und der Pyramide
versagte dir dein Geist rapide.

Die liebe Kugel und der Quader
brachten dir so manchen Hader.
Selbst beim Prisma und dem Kegel,
musstest streichen du die Segel.

Weiter ging's mit Kubikmeter
die brachten dir recht viel Gezeter,
als dann folgten noch die Liter,
da ging los das groß' Gezitter'.

Ja, das Parallelogramm
legte den Verstand dir lahm.
Auch Prozente und Promille
waren für dich eine Pille.

Auf Formeln, welche da binomisch
reagiertest seltsam du und komisch.
Beim Mittelwert und dem Rabatt
hattest du es reichlich satt.

Quersumme und der Rauminhalt
ließen immer dich schon kalt,
und die Wurzel im Quadrat
hattest niemals du parat.

Teilmenge und Hauptnenner
waren nur etwas für Kenner.
Schon folgten Subtraktion von Brüchen
gepaart mit ausgefallenen Flüchen.

Dann tauchte auf der Radius,
der keinesfalls war ein Genuss,
auch brachten Sinus, Kosinus
dir nur ständigen Verdruss.

Logarithmus und Parabel
fandst nie du formidabel,
und last not least lag das Abstruse
stets in der Hypotenuse.

Vieles gäbe es noch zu sagen,
weil du mit Mathe dich tat'st plagen.
Lassen wir's dabei bewenden,
damit der Vers hier nun kann enden.

Die Grippe

Ein Grippevirus zieht umher,
du denkst, der trifft mich nimmermehr,
gegen den bin ich gefeit,
der mir wirklich nichts andeit.

Doch alsdann beim Blumen gießen,
musst du mehrfach heftig niesen.
Schon geht los die große Such',
hilfreich sei ein Taschentuch.

Gesucht, gefunden und geputzt,
du die Zeit jetzt weiter nutzt.
Ahnungslos und frohen Mutes,
denkst du wirklich nur an Gutes.

Aber autsch, oh weh beim Bücken,
durchzieht ein Schmerz den ganzen Rücken,
du hältst dich fest und bleibst schnell stehn.
Wie soll das heute weiter gehn?

Ist der Schmerz erst mal verklungen,
wird freudig dann ein Lied gesungen.
Dieses ist von kurzer Dauer,
ein Katarrh liegt auf der Lauer.

Schon fängt an der Hals zu schmerzen,
dir ist wirklich nicht zum Scherzen,
auch stellt sich Kopfweh dazu ein,
das ist einfach nicht mehr fein.

Es zieht und zwickt in deinen Gliedern,
jetzt fängst du auch noch an zu fiebern.
Grippe wird sowas genannt,
schon hast du dich ins Bett verbannt.

Flach und matt liegst du danieder
in dem warmen Bettgefieder.
Schüttelfrost und Schweißausbruch
und auf der Stirn ein kaltes Tuch.

Ach, was geht es dir nur schlecht,
drum ist dir jedes Mittel recht.
Tees, Tabletten und viel Säfte
müssen geben neue Kräfte.

Sei es, dass die Nase tropft
oder diese ist verstopft,
helfen Tropfen oder Spray
und der Schnupfen sagt ade.

Mit Inhalieren, Brust einreiben
kannst du den Husten schnell vertreiben.
Knoblauch, Kiwis, Apfelsinen
sollen der Gesundheit dienen.

Geduld ist trotzdem angesagt,
wenn dich eine Grippe plagt.
Zwei Wochen musst du ihr schon geben,
ehe sie den Hut wird nehmen.

Bist du wieder hergestellt,
sagst du: „Nur Gesundheit zählt!"

Die Leiter

Mit Leiter wollt' er hoch hinaus
zum Reinigen der Rinne,
am Dach von seinem schönen Haus
und hielt nur kurz mal inne.

Die eine Leiter reichte nicht,
drum folgte eine zweite,
dabei verlor er's Gleichgewicht
und suchte dann das Weite.

Weil erst die Leiter war zu kurz
zum Reinigen der Rinne,
kam es verhängnisvoll zum Sturz
und er verlor die Sinne.

Die Schrunden

Sind dir läst'ge Schrunden
an den Fingern sehr verbunden,
die dort schmerzen wie noch nie,
dann gibt's nur eins, verbanne sie!

Salbe und auch klein' Verbände
zieren dann der Finger Hände.
Lustig sieht's zuweilen aus,
am besten machst du dir nichts draus.

Die Pflaster müssen dort verweilen.
Wie sollen sonst die Schrunden heilen?
Nach Tagen ist der Schmerz vorbei
und deine Hände pflasterfrei.

Sie werden täglich eingeschmiert,
damit nicht der Verband sie ziert.
Glatt werden sie wie dein Popo,
und du als Mensch bist wieder froh.

Oh welche Pein

Oft läuft dir deine Nase,
es tropft aus deiner Blase,
den Herpes an der Lippe,
entzündet eine Rippe,
die Taubheit macht sich breit;
oh, du hast es leid.

Die Erinnerung, sie schwindet,
der Speichel nichts mehr bindet,
essen brauchst du auch nicht mehr,
der Geschmack gibt nichts mehr her,
längst weg ist der Geruch;
es liegt auf dir ein Fluch.

Die Augen aufgequollen,
die Zunge ist geschwollen,
übel riecht's aus deinem Rachen,
drum magst du nicht mehr lachen.
Äußerst schlecht sind deine Zähne,
doch dies man besser nicht erwähne.

Auf deinem Haupt, oh Graus,
fallen alle Haare aus.
die Wirbel sind verrutscht,
du wirst nicht mehr geknutscht,
die Freud' am Sex vergangen;
man kann nur um dich bangen.

Die Nägel wachsen krumm,
dein Magen dreht sich um,
die Schulter ist verrenkt,
die Füße sind gesenkt,
die Zehen kurz und platt;
nein, was hast du's satt.

Hast Pickel im Gesicht,
oft plagt dich deine Gicht,
das Blut ist zäh und dick,
die Falten nicht mehr schick,
die Milz, sie ist verschoben;
kein Arzt wird dich jetzt loben.

Der Darm, er ist verstopft,
das Herz nicht richtig klopft,
auflöst sich deine Leber,
du stinkst oft wie ein Eber,
Arthrose in den Knien;
könnt'st du nur vor dir fliehen.

Die Lunge schwarz vor Teer,
die atmet bald nicht mehr,
dich plagt ein Nierenstein,
und sorgt für Schmerz und Pein,
es bröckeln deine Knochen;
du kommst daher gekrochen.

Raus kommt noch gerad' der Gallensaft,
geschwächt mit allerletzter Kraft
und an deinem Becken
wird man auch noch was entdecken,
dick bist du zudem allemal;
das Leben wird für dich zur Qual.

Also lautet dein Beschluss:
„Auf Erden hab' ich nur Verdruss,
es gibt mir täglich hier den Rest,
drum steht für mich ganz sicher fest,
dass dies in meinem nächsten Leben,
wird gewiss es nicht mehr geben!"

Der Schweißfuß

Ein Schweißfuß etwas Übles ist,
wenn man ihn mit Tück' und List,
aus dem Schuh gezogen hat,
haben es die anderen satt.

Er riecht und stinkt gar vor sich her,
den anderen fällt die Arbeit schwer.

Der Stinker denkt: „Mir ist es recht,
hoffentlich wird's den anderen schlecht,
denn geh'n sie nacheinander raus -
pack' ich ein und geh' nach Haus."

Das Wasserlassen

Viel getrunken,
Wasser gesunken,
Blase ist voll,
gar nicht toll.

Muss jetzt Pippi,
aber wie,
renne zum Klo
und bin wieder froh.

Ist wirklich toll,
wenn Blase nicht voll.
Kein Wasser gesunken,
da wenig getrunken.

Vermisse kein Klo.
Man, bin ich froh.

Die Unpässlichkeiten

Es flattern
die Blattern
uns ins Haus
und das zu Nikolaus.

Erst neulich klebten die Masern
bei uns an sämtlichen Fasern.
Zuvor noch gab die Pest
uns allen hier den Rest.

Die Schwindsucht,
die war nicht gebucht,
doch kam sie unverdrossen
zu uns hereingeflossen.

Selbst die Diphterie
schwindet scheinbar nie.
Und als innig wir da schmusten,
zack, hatten wir Keuchhusten.

Dann kam die TBC
und die tat höllisch weh.
Zudem gängelt uns da pur,
derzeit die verflixte Ruhr.

Seitdem wir haben Syphilis,
klappert stündlich das Gebiss.
Und das Pfeiffersche Drüsenfieber
kommt auch beizeiten immer wieder.

Prompt hat Rachitis uns erreicht,
da ein krummes Bein nicht weicht.
Auch war für keinen es Genuss
als uns erwischte Tetanus.

Jetzt hat der Scharlach bei uns allen
das Halsgewebe stark befallen.
So, dass beim letzten Aderlass
ein jeder wurde leichenblass.

Die Warze

Mit einer Warze im Gesicht
hat es böse dich erwischt.
„Ist die nicht lästig und tut stören",
kann man manchen fragen hören.

Du sagst fein,
die ist zu klein,
die soll so sein,
die bleibt noch mein.

Die Warze lässt sich nicht verdrängen,
auch wenn du bleibst an ihr mal hängen,
doch stört sie dich und wird sehr dick,
ist sie wirklich nicht mehr schick.

Keiner wird dich jetzt beneiden,
drum lässt du besser fort sie schneiden.
So geht nicht weg ganz ohne Pein
von dir das dicke Wärzelein.

Weihnachtliche Völlerei

Alle Jahre wieder
zwickt Weihnachten das Mieder.
Wir stopfen alles in den Mund
und werden deshalb kugelrund.

Ist Weihnachten erst mal vorbei,
dann geht los die Flucherei.
Ich bin zu dick und viel zu fett,
die Pfunde, die sind nicht mehr nett.

Die Waage hat voll ausgeschlagen
und konnte fasst mich nicht mehr tragen.
Selbst in allen Körperlagen
ist zum Platzen mir der Magen.

Ständig reißen Nähte auf,
Knöpfe springen ab zuhauf.
Der Hosenbund, der steht mir offen
und lässt auf keinen Platz mehr hoffen.

Jetzt wird es Zeit hier mal zu fasten,
sonst fang ich an noch auszurasten.
Ja, die Moral von der Geschicht'.
Wer viel isst, der kriegt Gewicht.

Zwischenmahlzeit

Die Banane

Goldgelb ist sie und etwas krumm,
doch derweil ist sie nicht dumm,
sie hat sich dabei was gedacht,
was ihr so leicht nicht nachgemacht.

Da sie krumm gebogen
ist sie schnell zum Mund gesogen
und gereift durch warme Sonne
isst jeder sie mit großer Wonne.

Empfangen wird ein dickes Stück
nun von Zung' und Gaumen,
kleingebissen in jede Zahneslück'
schmeckt sie süßer noch als Trauben.

Nun liegt der Bananenbrei im Mund,
er wird dort eingespeichelt
und wandert durch den Schlund,
wo er den Magen streichelt.

Dieser hat den süßen Brei
erst mal zu verdauen,
das ist ihm ganz einerlei,
er braucht ihn nicht mehr kauen.

Nun hat der Magensaft
die Tat gar zu vollbringen
und mit ganzer Kraft,
wird ihm dies gelingen.

Langsam und stets gut verdaut,
der Brei wird weggedrückt,
den Därmen wird er anvertraut,
der Vorgang ist geglückt.

Durch deren Wände
zieht jetzt behände
Mineral und Vitamin
über das Blut zum Körper hin.

Alles ist dem Brei entzogen,
dieser fühlt sich wie betrogen,
doch der Darm dort nichts drum gibt
und ihn sodann nach draußen schiebt.

Der Brunch

Frühstück am Morgen,
ganz ohne Sorgen,
mit leerem Magen
ist gut zu ertragen.

Lassen den Tee
oder heißen Kaffee
durch den Mund
in den Schlund.

Mancher trinkt Saft,
denn der gibt Kraft.
Brote und Knäcke
die Geister wecke.

Mit Butter wir schmieren
oder Hörnchen garnieren.
Wurst und Ei
sind mit dabei.

Wenn Käse serviert,
wird er probiert.
Ei, Speck und Tomaten
sind jedem anzuraten.

Nicht zu vergessen,
dass Süßes wir essen,
drum Marmelade in Sorten
sofort wir orten.

Körner, Joghurt, Obst
verzehrend du lobst.
Gegessen ohn' Hast,
sind sie guter Ballast.

Zwischenmahlzeit

Nun wir uns laben,
mit dem was wir haben,
denn viel Appetit
bringen wir mit.

Ja, so ein Brunch
ist mehr als nur Lunch.
Er macht zwar nicht schlank,
doch dem Gastgeber sei Dank.

Das Eis

Es ist sehr heiß,
du magst ein Eis.
Beim Italiener denkst du dir,
ich leiste Fruchteis mir.

Erdbeeren und Zitronen,
die Kühlung soll sich lohnen.
Du hast schnell gewählt
und bezahlst mit Geld.

Mit den Bollen eins, zwei, drei
genießt du dann die Schleckerei.
Oh, wie gern die Zung' es leckt,
weil es einfach köstlich schmeckt.

Es ist glatt was für den Gaumen
und hängt das Eis einmal am Daumen,
dann wird er in den Mund gesteckt
und ganz einfach abgeleckt.

Bald schon bist du überrascht,
da das Eis ist auf genascht.
Das Hörnchen, es ist leer,
du könntest naschen mehr.

Jetzt ist genug der Kalorie,
sonst fändest du dein Ende nie.
So musst du dich damit begnügen,
dass nun ist Schluss mit dem Vergnügen.

Der Kaugummi

Alle Menschen, Groß und Klein
finden Gummi kauen fein.
Sei es im Auto oder Bus
für viele ist das Ding ein Muss.

An Bahnstationen, Haltestellen
sieht man das Ding zum Munde schnellen.
Selbst die Fahrer von 'nem Brummi
kauen gerne diesen Gummi.

Auch ein Mensch, der geht zu Fuß,
begeistert sich für den Genuss.
Sei es Minze oder Frucht,
Kaugummi kauen ist 'ne Wucht.

Mancher mag kein' Zähne putzen
und tut diesen deshalb nutzen.
Den Mundgeruch soll er vertreiben
und deshalb nun im Munde bleiben.

Klebt er feste mal am Gaumen,
löst der Mensch ihn mit dem Daumen.
Oftmals hängt er an den Zähnen,
meistens wenn der Mensch muss gähnen.

Fast krampfhaft sitzt er an den Kronen,
denn die Arbeit soll sich lohnen.
Jetzt muss der Mensch halt kratzen,
könnte er vor Wut auch platzen.

Wurde der Gummi nicht verbannt,
tags drauf der Kiefer ist verspannt.
Musste die Zunge dadurch leiden,
man tagelang ihn sollte meiden.

Braucht man zum Kitten ihn und Kleben,
lässt man gerne hoch ihn leben,
auch drücken manche ihn behände
unter Stühle und an Wände.

Ist der Mensch von Geiz geplagt,
er dann zu sich selber sagt:
„Was mache ich mir Sorgen,
den verwahr' ich mir für morgen."

Kinder ziehen diese Dinger
gerne mehrfach um den Finger,
machen danach meist auch Blasen
und bringen Mütter fast zum Rasen.

Aber wehe, wenn er gibt nichts her,
weil er nach Zeiten schmeckt nicht mehr,
denn abgenutzt und ausgelaugt,
dieser Gummi nichts mehr taugt.

Der Mensch ist damit rigoros
und schaut, dass er das Ding wird los.
So kommt zum Schluss im hohen Bogen
er glatt noch aus dem Mund geflogen.

Schnell landet er auf dem Asphalt,
wo er findet seinen halt.
So ist's im Leben, eins, zwei, drei,
auch Gummi kauen geht vorbei.

Der Kuchen

Der Kuchen ist mit Lieb' gemacht,
auch wenn man ihn sich ausgedacht
und tut noch solche Dinge rein,
die unbedingt nicht sollten sein.

Denkt man derweil ans Leibeswohl,
darf fehlen nicht der Alkohol.
Nicht das man denkt hier gar an Litern
und nach Verzehr fängt an zu zittern.

Nein, er soll in kleinen Mengen,
sich sachte in den Teig reinzwängen,
damit er nun zu guter Letzt,
den Kuchen mit Geschmack versetzt.

Man schiebt ihn in den Ofen rein
und lässt den Kuchen, Kuchen sein.
Der Ofen nun vollbringt die Tat,
mit großer Hitz' ganz akkurat.

So kann derweil man Ding' verrichten
oder diese Zeilen dichten.
Nach einer Stund' ist es soweit,
der Kuchen aus dem Ofen schreit.

Schnell öffnet man jetzt dessen Tür'
und dann den Kuchen aus ihm führ'.
Man darf sich bloß jetzt nicht genieren
und sollte ihn ganz schnell probieren.

Es wird genascht und auch verzehrt,
bis das der Teller ist geleert.
Alsbald fühlst du dich kugelrund
beim letzten Krümel noch im Mund.

Ist endlich dieser auch verzehrt,
einen die Waage wieder lehrt,
durch all die Pfunde und auch Lasten,
man fängt besser an zu fasten!

Selbst dies bedacht - in allen Ehren -
soll niemand den Genuss verwehren.

Dies & Das

Aachen

Meine Heimatstadt

Es ist wahr, es ist kein Geck,
Aachen liegt im Dreiländereck.
Deutschland, Belgien, Niederland'
reichen einander sich die Hand.

Am Friedrich Wilhelm Platz
steht Aachens bester Brunnenschatz,
der als Wahrzeichen der Stadt
den Namen Elisenbrunnen hat.

So mancher Ankömmling sich denkt,
wohin der Klenkes seinen Finger lenkt.
Dieses ist für ihn ein Muss,
denn es ist „Der Aachen Gruß".

Das Bahkauv oft die Leut' erschreckte,
welche dieses nachts entdeckte.
Sie kamen spät von ihrer Zeche,
drum ging es ihnen an die Wäsche.

Das Mädchen mit dem Printemann
erinnert den Besucher dran,
wie gut die „Öcher Printe" schmeckt
und sich nach ihr die Finger leckt.

In der alten Körbergasse
macht der Korbverkauf die Masse,
dort wurde schon vor der Jahrhundert'
das Korbgewerbe gern bewundert.

Dahinter liegt der Hof, ein alter Platz,
den man erreicht mit einem Satz.
Wo einst Badehäuser gestanden
sind jetzt römische Bögen vorhanden.

Und in unserer Krämerstraß'
wird man am Puppenbrunnen nass,
da das Wasser still nicht steht,
wenn man die Figur bewegt.

Das Fischpüddelchen ist uns vertraut,
wo früher der Fischmarkt aufgebaut.
Und einen Brunnen für den Spatz
kann jeder sehn am Münsterplatz.

Der Vater sprach zu seinem Sohn:
„Wirf' einen Blick auf Aachens Dom.
Einst ließ ihn Kaiser Karl erbauen,
weil er Aachen konnt' vertrauen."

Ein klein' Geschäft zwang Lißje in die Knie,
da kamen drei Jungen und hänselten sie.
„Türelüre-Lißje aus Klappergass",
sangen sie, „macht die Hose nass".

Einst in der Gertrudisnacht
wurd' der Graf von Jülich umgebracht.
Der Schmied hatt' sich zur Wehr gesetzt
und Grafen's Mannschaft schwer verletzt.

Krönungen, Feiern und Empfänge
sorg(t)en im Rathaus stets für Gedränge.
Ja, in solch glanzvoller Stätte
trank man öfters um die Wette.

Aachen verleiht den Karlspreis jedes Mal
Christi Himmelfahrt im Krönungssaal.
Mit einer Medaille wird hier bedacht,
der für Europas Einigung hat viel vollbracht.

Im Granusturm ein Glockenspiel
schon lange war der Aachener Ziel.
Jetzt spielen dort neunundvierzig Glocken,
um die Besucher anzulocken.

Im Katschhof einst der Pranger stand,
drum wurd' er „Kax" oder „Katsch" genannt.
Ein Gang über des Hofes Stelle
verband Königspalast und Pfalzkapelle.

Am Markt steht zu Kaiser Karls Gedenken
ein Brunnen zum Auge drauf lenken.
Und die Damen mit Schirm als Retter
stellen dar das Aachen-Wetter.

Im Postwagen, zur Franzosenzeit,
war man zum Buchhandel bereit.
Erzählt wurden erfundene Geschichten,
der Buchverkauf ging nach Gewichten.

Ja, der alte Hühnerdieb
gar mächtig sein Unwesen trieb,
indem er fix die Hühner klaute,
das den Besitzer nicht erbaute.

An der Hotmannspief nimmt ins Visier,
man der schönen Jungfrauen vier.
Krüge sind in ihrer Hände,
das Wasserschöpfen nimmt kein Ende.

Es ist für jeden etwas da,
sei es Black Jack oder Baccara,
man sagt mal traurig, mal freudig ade,
dem Spielkasino in der Monheimsallee.

Daneben liegt das Eurogress
dort geht man hin ganz ohne Stress.
Hier sind Veranstaltungen aller Art,
oftmals mit Humor gepaart.

Seit 1951 ein Orden wird vergeben,
den man gerne hoch lässt leben.
„Wider dem tierischen Ernst", er genannt,
und hat die Politik voll in der Hand.

Die Carolus Therme, ein Ort zum Baden,
wohin jeder gerne eingeladen.
Ob Sauna oder heiße Quelle,
Entspannung pur, für alle Fälle.

„Alt Burtscheid" heißt es sehr galant
und ist als Kurgebiet bekannt.
Thermalwasser und Grünanlagen
bei zu jeder Heilung tragen.

Auf dem Aachener Tivoli
spielt Alemania Aachen wie noch nie.
Mal geht's bergab, mal geht's bergauf,
so nimmt der Fußball seinen Lauf.

Manchen stimmt es heiter,
Aachen ist eine Stadt der Reiter.
Im Sommer ist es jedes Mal,
der CHIO, reiten international.

Das Klinikum, es ist sehr groß,
wo täglich ist die Hölle los,
als Forschungszentrum man es sieht,
drum ist's modern auf dem Gebiet.

Es wurde in einer Aachener Sage
dem Teufel ein Sack Sand zur Plage.
Die Marktfrau einst zu Scherzen bereit,
erklärte, dass Aachen noch läge soweit.

Darüber war der Teufel erzürnt,
ließ den Sand fallen und ist getürmt.
So ist der Lousberg einmal entstanden;
Teufel und Marktfrau sind noch vorhanden.

Das Einlasstor der Kaiserstadt
den schönen Namen Ponttor hat,
auch das Marschiertor ist geblieben -
einst derer elf, haben manchen vertrieben.

Das Theater, nicht nur etwas für Kühne,
gilt als Sprungbrett zur großen Bühne.
Dort wurde vieles schon gesungen,
selbst Beethovens „Neunte" ist dort erklungen.

Der Templergraben uns verrät,
da steht Aachens Universität!
Studenten gibt es hier in Massen,
die als Akademiker die TH verlassen.

Hier weiß halt jedes Kind,
was Aachens wichtigste Begriffe sind,
drum werd' zum Abschluss ich sie jetzt nennen,
obwohl alle sie schon kennen.

Weltweit bis hin zum Adel
ist bekannt die Aachener Nadel,
auch liest man in so manchem Buch
für Qualität sorgt' Aachener Tuch.

Weit vor hundert Jahren wurde ungeniert,
Monheims erste Schokolade hier probiert
und die Printe, unser Nationalgebäck,
geht last, not least in viele Länder weg.

Das alles hat Aachen und noch viel mehr,
schaut es euch an und kommt einmal her.

Nachdenklichkeit

Die Besinnung

Habe Verständnis für die Schwachen,
hüte dich über sie zu lachen,
bestärke sie und gebe Kraft,
nur gemeinsam wird geschafft.

Von Vorurteilen halt dich fern,
keiner mag ein solches gern.
Bleibe offen und gerecht,
Ungeduld macht's keinem Recht.

Ist auch noch so schwer die Last,
besinne dich ganz ohne Hast,
gibt stets dein Nötiges dazu
und behalte deine innere Ruh'.

Sei mutig Neuem zugewandt,
nimm es zuversichtlich in die Hand.
Jeder Mensch hat ein Talent,
glücklich ist, der dies erkennt.

Herzlichkeit und froher Sinn
sind für die Menschheit ein Gewinn.
So bringt im Leben der es weit,
der Humor hat und auch Heiterkeit.

Gedanken zum Jahreswechsel

Ein Stück vom Glück
mit etwas Schwein
und recht viel Freud',
das wäre fein.

Zufrieden sein
und auch gesund,
Humor besitzen,
ein guter Grund.

Treu sich bleiben,
bei anderen fair,
dem Nächsten helfen,
denn wenig ist mehr.

Mit innerer Kraft
tolerant sein im Leben,
mit Stärke und Liebe
einander viel geben.

Lebensweise

Dichterreisen

Rom, die Stadt mit Stil,
der Dichter Ziel,
dort trafen ohn' Scherz
sich alle im März.

Hoffmannsthal
empfand die Reise als Qual,
da er vor Kälte gelitten
auf seinem Schlitten.

Molière
fand alles unfair,
denn eine Reise zu Fuß
war für ihn kein Genuss.

Kleist
war so dreist
und schickte den Nitsche
nach Rom auf der Pritsche.

Grass
trank Bier vom Fass,
lag wie erschlagen
vor Rom im Bollerwagen.

Bretano
war innerlich froh,
dass er nicht im Karren
auf der Reise musst' harren.

Eschenbach
machte viel Krach
mit dem Traktor,
dass Kaffka die Geduld verlor.

Saint-Exupéry,
seines Zeichens ein Genie,
kam wie der ewige Stenz
in die Stadt mit dem Benz.

Oskar Wild
erschien im Kilt
und fuhr ganz kess
mit dem Orientexpress.

Für Claudius
war es ein Muss,
saß wie auf dem Thron
in seinem Ballon.

Die von Bingen
fing an zu singen,
da im Zeppelin
saßen Busch und Hesse drin.

Fontane,
schwenkte die Fahne,
als mit der Montgolfiere
er erwies Rom die Ehre.

Goethe,
rot vor Schamesröte,
saß verkleidet als Bäcker
in seinem Doppeldecker.

Voltaire
konnte nicht mehr,
als er mit dem Boot
geriet in Seenot.

Orwell
im dicken Fell
erschien auf dem Floß,
da über Land war viel los.

Brecht
war alles recht
denn er hatte sein Schiff
voll im Griff.

Thomas Mann
die Wette gewann,
als er akkurat
erschien mit Hochrad.

Aristoteles
saß ganz kess
auf seinem Pferd,
jedoch verkehrt.

Gebrüder Grimm
fanden es nicht schlimm,
stiegen von der Kutsche
über die Rutsche.

Aus allen Kreisen
waren auf Reisen
Dichter jetzt dort
in Rom vor Ort.

Des Dichters Phantasie

Hänsel und Gretel besuchten das Schloss,
auf dem der Erlkönig war der Boss.
Rapunzel sah dies und glaubte es kaum
und dachte an einen Sommernachtstraum.

Tartuffe besuchte die Wahlverwandtschaften,
das Macbeth und Egmont nicht verkrafteten.
John Maynard und Hans Huckebein
fanden dies jedoch sehr fein.

Die Räuber, von der Glocke geweckt,
haben sich hinter'm Zauberberg versteckt.
„Viel Lärm um nichts", meinte Wilhelm Tell,
„Joseph und seine Brüder sind's im Bärenfell."

Max und Moritz und Frau Holle
bekamen sich heftigst in die Wolle,
dass Götz von Berlichingen schrie:
„Leck mich am ...., aber wie!"

Als den zerbrochenen Krug
nun der Geizige trug,
war Lotte von Weimar
nicht mehr ansprechbar.

Der Sturm brachte Hannibal
ungewollt und schnell zu Fall.
Es sangen für ihn dann im Chor,
die lustigen Weiber von Windsor.

William Shakespeare, dieser Zwerg,
wartete am fröhlichen Weinberg
auf seine schöne Lore-Ley,
bis diese endlich kam vorbei.

Don Karlos, dieser Schelm,
hat eine Liaison mit Minna von Barnhelm.
Wenn bloß er nicht ständig ermatte,
wäre er ein idealer Gatte.

„Ja, ich als des Teufels General
hab' allein die Qual der Wahl,
denn wem die Stunde schlägt,
ist für alle Zeit geprägt."

Also sprach Zarathustra: „Hör' zu Salome,
die Leiden des jungen Werthers, die tun so weh!
Die Dreigroschenoper, schau sie dir an
und nimm den Froschkönig mit als Mann.

Hamlet machte sich sehr fein,
sowie das tapfere Schneiderlein,
Othello und auch Wallenstein
fanden dieses echt gemein.

Romeo und Julia, das Pärchen,
träumten von einem Wintermärchen,
so wie einst Nathan der Weise,
liebte sehr die ferne Reise.

Durch die widerspenstige Zähmung,
bekam Dornröschen eine Lähmung,
da der kleine Prinz mit ihr verschwand
im Märchen vom Schlaraffenland.

Effi Briest und der Doktor Faust
haben wie die Götter im Exil gehaust,
bis dass der Zauberlehrling, der Erwählte,
sie mit der Blechtrommel nur so quälte.

Käthchen von Heilbronn
'ne Träne von der Wange ronn,
da der Schimmelreiter lichterloh
brannte hilflos im Inferno.

Ja, und unser Hans im Glück
kehrte als Polo Poppenspäler zurück.
Trotz der Verwandlung immer noch ledig,
fand er tragisch den Tod in Venedig.

Als göttliche Komödie auserwählt
wurde sie von Maria Stuart erzählt,
bis dass der Hauptmann von Köpenick
beendete diese mit Geschick.

Die Komponistensatire

Haydn übergab Mozart den Strauß,
da war's für Mendelsohn aus.
Vivaldi und von Gluck
luden ein ruckzuck
Liszt und Suppé
zu einem Dîner.

Schubert hat sich entsetzlich gehetzt
und glatt neben den Stuhl gesetzt,
dies sah der Bach
und lag gleich flach.
Mussorgsky ungeniert
ist eilig weiter marschiert.

Wagner ließ fallen die Hüllen,
als er mit Wein sich tat füllen,
wurd' somit unverdrossen
in den Kerker eingeschlossen.
Donizetti
fand alles paletti.

Rossini und Verdi
mit Akribie
forcierten den Krach
bei Offenbach.
Debussy musste man wecken,
da er im Klosett blieb stecken.

Chopin und Brahms
überkam's,
gaben van Beethoven,
dem Ganoven,
mit wahnwitziger Idee
die Noten für Bizet.

Weber und Lortzing
drehten ein Ding,
stahlen Tschaikowsky den Wein,
der für Grieg sollte sein.
Puccini und Dvorak
traf der Schlag.

Für Millöcker war alles klar
und ging sofort an Léhar Bar,
als dann Kálmán
Lobeshymnen sang,
ging dem Ravel
das viel zu schnell.

Paganini höchst gereizt,
hat Bruckner angeheizt,
Gounod in das Gesäß zu kneifen
und mit Mahler die Flucht zu ergreifen.
Das sah Rubinstein
gar nicht ein.

Reger erzählte Orff Schweinkram ins Ohr,
dass Berlioz die Beherrschung verlor,
der kippte wütend den Wein
an Rachmaninoffs Bein.
Gähnend im Schlafrock
erwachte da Bartók.

Boccherini war über sich stolz,
klopfte dreimal auf Holz
und erzählte mit fun,
alles Schumann.
Da hielt schweigend die Candle,
der besinnliche Händel.

Das Seminar

Seminar
ist doch klar,
geh' ich hin,
das macht Sinn.

Training der Persönlichkeit,
sei bereit.
Eins für Frauen,
du musst dich trauen!

Sei frech,
führ' ein Gespräch,
mit List,
zeig wer du bist!

Lass' unverdrossen
den Mund geschlossen.
Schau eine Länge
in die Menge.

Alsbald,
du schreist „Halt!"
Gruppe muss warten -
vor deinem Garten.

Malst glatt
Symbole auf's Blatt,
von drinnen nach draußen,
in innen nach außen,
zusammen, dazwischen,
das Blatt, es muss zischen!

Gedanken, ganz leise
gehen auf Reise,
Alphawellen im Raum.
Welch ein Traum?

Seht,
ein Blatt entsteht,
eins von der Reise,
wie weise.

Alle sind Ohr,
du stellst dich vor.
Merke:
Auch du hast Stärke!

Analyse, Kritik,
mit Geschick
macht Sinn
bringt Gewinn!

Du lernst dich kennen
beim Namen nennen,
gehst aus dir raus –
Applaus!!

Wie siehst du dich?
Wie dich die andern?
Lass' deine Seele baumeln,
lass' sie wandern.

Vorsätze realisieren,
Neues ausprobieren.
Du weißt jetzt wie!
Mit gutem Willen,
Kraft und Energie.

Tierisches

Der Käfer

Ein kleiner roter Käfer,
der krabbelt vor sich hin,
da kommt auf weiter Strecke
ihm Lustiges in den Sinn.

Er klettert auf 'nen Stängel
der kleine dreiste Bengel,
schaut zu weit nach oben,
ein Vogel lässt von droben
etwas Dickes fallen
und auf den Käfer knallen.

Dieser fällt ganz munter
in eine Pfütze runter.
Jetzt kann er sich mit Schwimmen
dort drunten weiter trimmen.

Das Hundeleben

Im nächsten Leben werd' ich Hund
und dazu noch kugelrund,
täglich muss ich Gassi gehen
und bleib' an jedem Baume stehen.

Dort hebe ich mein rechtes Bein
und finde Pipi machen fein.
Hinter eines Parkes Bank
verbreitet sich dann mein Gestank,
durch eine Wurst, die plötzlich kam
und lege die Besucher lahm.

Kann eine Hündin mich erhellen
werd' ich gleich mal rüber bellen,
alsdann freudig zu ihr eilen
und liebevoll bei ihr verweilen.

Werde sie etwas beschnüffeln,
vorausgesetzt, sie tut nicht müffeln.
Ist das geprüft und alles klar,
werden wir ein Hundepaar.

Der Hundekot

Die Sonne scheint am Himmelszelt,
du denkst: „Wie schön ist diese Welt!"
Warum soll ich drinnen hocken,
wenn mich Sonnenschein kann locken.

Deiner Wände vier,
hast du täglich im Visier.
Du verlässt dein Haus
und gehst hinaus.

Gleich hinter Nachbars Hecke
beginnt der Park dort um die Ecke.
Da, wo Bäum' und Blümlein steh'n
magst du gern spazieren geh'n.

Alt und Jung kannst du da treffen
und auch Köter, die dort kläffen,
denn jeder Mensch mit einem Hund
geht dadurch, weil es gesund.

Oftmals hebt das Tier sein Bein,
da es dringend musste sein.
Manchmal wird man Ärger kriegen,
lässt das Tier ein Häuflein liegen.

Nicht nur an dem Straßenrand
der Hund gern sein Geschäft verbannt,
so dass du mit schnellem Schritt
glatt nimmst dir Hundescheiße mit.

Du schimpfst: „Verdammt und zugenäht",
doch dafür ist es viel zu spät.
Ahnungslos, wie du halt bist,
tratst du mitten in den Mist.

Jetzt musst du ohne abzuhetzen,
erstmal auf 'ne Bank dich setzen.
Du suchst ein Tuch, das aus Papier,
um wegzuwischen das Geschmier.

Das kann dich wirklich nicht entzücken,
von dem, was dort sich rein tat drücken.
In den Rillen und am Rand
hat sich gesammelt allerhand.

Du reibst und wischst an deinem Schuh,
gibst diesem einfach keine Ruh'.
Es ist als hättest du 'ne Macke,
schnell weg da mit der Hundekacke.

Den Finger hat es voll erwischt,
dass dieser auch noch übel riecht.
Ein zweites Tuch muss schnelle her,
da das erste taugt nicht mehr.

Obwohl der Schuh nun wieder blinkt,
er doch immerhin noch stinkt.
Du verlässt des Parkes Bank
ganz verfolgt von dem Gestank.

So muss ein kurzer Gang genügen,
da du hattest das Vergnügen,
nein, eher deine große Not
mit dem verdammten Hundekot.

Der Regenwurm

Ein Regenwurm, der dachte fein:
„Wie mag es oberhalb der Erde sein?"
Aus Neugierde und gar nicht dumm,
sagt' er sich: „Ich schau' mich um."

Immer feuchte Erde riechen
und durch dunkle Tunnel kriechen;
ich will was sehen von der Welt,
weil dieses meinen Geist erhellt.

Wenn ich nun im Boden bleibe
und mir dort die Zeit vertreibe,
wird aus Erfahrung nichts mehr werden
bleib' so ein armer Wurm auf Erden.

Knapp aus dem Erdreich rausgeschaut,
er seinen Augen kaum mehr traut.
Dort drüben ist ein schöner Turm,
genial für einen Regenwurm.

Ich werde mich hinüberschwingen
und schauen, was der Turm tut bringen.
Kaum ist er oben angelangt,
er ein wenig um sich bangt.

Doch die Neugier tut ihn plagen.
Soll einen Blick er runter wagen?
Er wollt' sich doch die Welt anschauen,
doch dafür muss er sich jetzt trauen.

Als er geblickt weit über'n Rand,
er plötzlich keinen Halt mehr fand.
Da fiel doch prompt der kleine Wurm,
hoch oben aus dem langen Turm.

Tat landen in 'ner großen Pfütze,
was dem Erhalt des Lebens nützte
und schaute aus dem Wasser fix
ungeahnt des Missgeschicks.

Obwohl der Flug recht knapp und kurz,
beendet wurd' mit diesem Sturz,
hat er dabei ganz ungeniert
einmal das Fliegen ausprobiert.

Dem Regenwurm, dem tat es gut,
da er bewiesen Wagemut.
Deshalb steht jetzt in diesem Buch,
die Quintessenz aus dem Versuch.

Das Schwein

Ein dickes, großes Schwein,
saß im Boot allein
auf dem schönen Rhein
und trank 'ne Flasche Wein.

Lustig und besoffen
wurd' es vom Blitz getroffen.

Mit leerer Flasche Wein
auf dem schönen Rhein
lag nun im Boot allein
das arme, tote Schwein.
Oh, wie gemein!

Der Knall im Schweinestall

Einen überlauten Knall
gab es in dem Schweinestall,
und jedes Tier kam da zum Fall.
Und, ich sag' es mit Verlaub:
„Jetzt sind alle Schweine taub!"

Der Bauer aber, voller Gönnen -
wollte, dass sie hören können
und steckte jedem Schwein ins Ohr
rechts und links ein dickes Rohr.

Flecken

Der Fleck an der Deck'

Ach du Schreck
ist ein Fleck
an der Deck',
der muss weg.

Weggerieben,
ist er vertrieben.

Nun ist er weg,
von der Deck',
dieser Fleck.
Ist das nicht geck?

Das Fleckenhemd

Ein kleiner dicker Fleck
saß ganz keck
auf einem Hemd,
vehement.

Da kam das Fleckensalz,
Gott erhalt's,
hat ihn erschreckt
und weggeleckt.

Danksagung

Mein Dank gilt selbstverständlich Gerrit
Garbereder, dessen wertvolle Unterstützung bei
der Gestaltung meines dritten Buches
unerlässlich gewesen ist. Nur durch seine
Hingabe und sein Können in Perfektion konnte
das kleine Lyrikwerk erst entstehen.

Weiter danke ich Sylvia Thelen-Kollek, die mir
beim Lektorat dieses Buches tatkräftig zur Seite
stand und dabei weder Zeit noch Mühe
scheute.

Die Autorin

Geboren 1960
lebt mit ihrer Familie in Aachen

Mein erstes Buch

Starke Worte für starke Menschen

Die ausgewählten Aphorismen meines ersten literarischen Werkes „Starke Wort für Starke Menschen" sollen meinen Lesern aufgrund ihres Tiefgangs ein kleiner, hilfreicher Begleiter im Alltag sein.

BoD Verlag 2014
ISBN: 9-783-7347-4447-1

www.Starke-Einfaelle.de

Mein weiteres Buch

Gedanken aus der Fülle des Lebens

In diesem Buch befinden sich sowohl tiefgründige, als auch amüsante Sprüche, die aus Erlebnissen und Erfahrungen meines vielseitigen Lebensalltags heraus entstanden sind.

BoD Verlag 2014
ISBN: 9-783-7347-4450-1

www.Starke-Einfaelle.de